Dieses Buch ist für:

...

UNENDLICHER SPASS MIT CARTOONS

Dorthe Landschulz

Lesen bildet

Schaltzeit Verlag

Walther Fekl

Vorwort

Lesen ist vielseitig, bei dicken Büchern trifft dies sogar im doppelten Wortsinn zu. Nichts Menschliches ist dem Lesen fremd. Unmenschliches leider auch nicht. Texte können ja allen möglichen Zwecken dienen, dem friedlichen Zusammenleben wie der Hetze, der Wahrheitssuche wie der Verbreitung von Fake News und Vielem mehr. Ob Lesen wirklich bildet oder verbildet, hängt letztlich von uns selbst ab, von uns Lesenden.

Lesen kann man in jeder Lebens- und sonstigen Lage: als Verzweifelter und als Verliebte, als junger Mensch wie als Greis, als stumpfer Fachidiot und als fröhliche Dilettantin, im Sessel, am Steuer (und vor der Steuer-Erklärung), als Kind unter der Bettdecke, im Zelt, vor dem Essen und nach der Liebe. Nicht alles davon ist zu empfehlen. Dorthe Landschulz kann uns mit ihrer Expertise für komische Situationen hier vor grotesken bis fatalen Irrtümern bewahren.

Bücher geben oft gute Ratschläge. Aber wer berät einen bei der Auswahl von Büchern? Nun, nicht nur Lesen bildet, sondern – das Wort sagt es ja schon: auch Bilder bilden. In den Zeichnungen von

Dorthe Landschulz wird der aufmerksame Betrachter daher so manchen wertvollen – wenn auch nicht wirklich immer ernst gemeinten – Ratschlag und zahlreiche Hilfen auf dem Weg zu heiterer Selbsterkenntnis finden. Sie ist eben eine bildende Künstlerin, im wahrsten Sinn des Wortes.

Lesen ist vielseitig, hieß es eingangs. Das gilt auch für Dorthe Landschulz. Deshalb mussten sie sich zwangsläufig treffen, das Thema Lesen und diese Zeichnerin mit ihren vielen Facetten. Für »Arte« kommentiert die Deutsche mit Esprit und Wohnsitz in der Bretagne die Tagespolitik in politischen Karikaturen auf Französisch, die »Stern«-Leserinnen und Leser kennen sie als Allround-Cartoonistin und für das »Börsenblatt« des deutschen Buchhandels widmet die begeisterte Leserin sich dem weiten Feld des Buchs, des Lesens und Schreibens. Aus einer Auswahl aus diesen Buch-Bildern hat der Schaltzeit Verlag nun dankenswerterweise ein Bilder-Buch gemacht. Alles garantiert handverlesen.

Alles Weitere sagen die Bilder. Unendlich viel Spaß!

Zum armen Poeten
Meine Herren, es ist angedichtet.
LAND SCHULZ

Und hier produzieren Sie also das Material aus dem später die großen Werke der Weltliteratur entstehen?!
Jo.
Alphabeet
LAND SCHULZ

Wer das liest
ist doof.
Analphabetenschule
Aa Bb
LANDSCHULZ

Ich bin Anal-
IGITT!
phabet.
LANDSCHULZ

Möchten Sie vielleicht noch mit raufkommen?
Ich würde Ihnen gerne meine Sachbuchsammlung zeigen.
ROMANE
1. Stock
Sachbuch
LANDSCHULZ

BUCHSHOP Franz
Wow! Der Neue sieht gar nicht so aus, aber der kann ganz schön zupacken!
Normal. Das ist der Buchhändler.
LAND SCHULZ

Er sagte, er würde jetzt eine Karriere im Verlagswesen anstreben...
LAND SCHULZ

Adventskalender für Literaturbegeisterte

Seit Günter "Darm mit Charme" gelesen hat, sind seine Blähungen nicht besser geworden, aber er geht viel offener damit um.
LAND SCHULZ

Kindle Sachbuch "Blumen pressen".
Zum Pressen der Blumen legen Sie sie in ein dickes Buch...
LANDSCHULZ

Irgendwie wirken so viele Bücher auf einem Haufen ziemlich erschlagend, findest du nicht?
HALLE 3.0
LANDSCHULZ

FRANKFURTER BUCHMESSEN

FRANKFURTER
BUCHSTABENMESSE
Psssst! Wollen Sie ein B kaufen?
Die spannendsten As des Jahres! A a A a ...
Neuer Trend aus Sachsen: Ö
A
B
Ö
LANDSCHULZ

HALLE 3
Nein, nein, ich will kein Buch signiert haben. Ich möchte mich nur bitte mal kurz hinsetzen!
Bücher Kiste
LAND SCHULZ

Ein Tag auf der Buchmesse und ich bin total kaputt!
Heute morgen waren das noch High Heels...
Bücher
LAND SCHULZ

DAS DSCHUNGEL BUCH
LAND SCHULZ

Ich hätte gern diesen Eheratgeber "Drachenzähmen leicht gemacht".
LAND SCHULZ

Das ist aber ein ganz besonderes Geschenk! Ich bin total gerührt! So etwas hätte ich von dir nach all den Jahren überhaupt nicht erwartet!
Ja, und die Widmung vorne drin für Ulla einfach nicht beachten. Das war lange vor deiner Zeit.
Weil ich dich liebe
Das Geschenkbuch für die tollste Frau der Welt
LANDSCHULZ

Och nö...
Ich bin dann mal weg
LAND SCHULZ

5 Jahre seid ihr jetzt also verheiratet! Und? Hat sich dein Frosch mittlerweile in einen Prinzen verwandelt?
Na ja, mein Mann ist wohl weniger der Grimm- als vielmehr der Kafka-Typ.
LANDSCHULZ

Arche Noah DIY
Ach, wissen Sie, geben Sie mir doch lieber gleich die Bauanleitung für die Arche Noah.
Ist der Klimawandel noch zu stoppen?
LANDSCHULZ

Ja, genau! Ich rufe an wegen Ihres Lernhilfebuches!
5-
DAS GROSSE BUCH DER RÄCHTSCHR-AIBUNK
LAND SCHULZ

Hat die Katze das Buch gelesen?
Ich glaube, sie hat es noch nicht ganz durch...
CHRCHCHR!
Endlich Nicht-faucher
LANDSCHULZ

Warten auf die Leseratte

Na toll! Und jetzt liegt das Buch natürlich draußen!
Mit Bären kommunizieren
LANDSCHULZ

Benny! Bring die Zeitung! Bring die Zeitung!
KARL
LANDSCHULZ

KATZEN
VERSTEHEN
KATZEN VERSTEHEN
MENSCHEN
NERVEN
LANDSCHULZ

Kinder, seht nur, das waren alles mal leckere Bäume! Und sie haben schäbiges Fastfood draus gemacht!
Noch eins bitte!
Signierstunde
DARK MIT CHARME

Wenn ich es nicht besser wüsste, würde ich denken, er hat dieses Buch nicht nur zerkaut, sondern auch gelesen.
Der große Knigge
Bodo
LANDSCHULZ

DAS GROßE BUCH DES KOCHENS
DAS GROßE BUCH DES ABNEHMENS
LANDSCHULZ

Das Literarische Quartett
Wir sind aber nur zu dritt!
Sind wir nun ein literarisches oder ein mathematisches Quartett?!
LANDSCHULZ

Auch eine sitzende Tätigkeit kann sportlich sein. Versuchen Sie es jetzt mit Nordic Writing!
LAND SCHULZ

Germanistikprofessor beim Online-Dating.

Wow, ist das von Stuckrad-Barre?
Nee, das ist nur Stuck.
LANDSCHULZ

Chemieprofessor Schrader nahm sich vor, endlich einmal spannende Fachliteratur zu schreiben.

Heinz, den nehmen wir nicht mit! Das ist bestimmt wieder so ein Schriftsteller, der uns dann die ganze Fahrt über aus seinen abgelehnten Manuskripten vorliest!
Frankfurt
LAND SCHULZ

Ich habe gehört, Sie sind Buchautor! Das klingt ja wahnsinnig spannend!
Ja, also das stimmt. Ich bin Autor mehrerer Fachbücher zur theoretischen Physik.
Chrrr chrrr
Jedes Mal das Gleiche.
LAND SCHULZ

Ich zieh aus! Dein Romangeschreibe ist dir ja anscheinend wichtiger als ich!
Sie sagte zu ihm: „Ich zieh aus! Dein Romangeschreibe ist dir ja anscheinend wichtiger als ich!“
Tipp
Tipp
Tipp
LANDSCHULZ

Operndiva liest aus ihren Memoiren.

Aha, das ist wohl die Fortsetzung von "Feuchtgebiete."
Die Sahelzone
Die Sahelzone
LAND SCHULZ

Renate hatte leider ihr Buch zu Hause vergessen, aber zum Glück gab es auf den anderen Badegästen genug zu lesen.

Mein Gott,
wie ich es hasse,
Schriftsteller zu
tätowieren!
ssss
LAND
SCHULZ

Und was ist, wenn es sich bei deinem Buch ganz einfach um FIKTION handelt?
Du bist doch nur zu faul zum Graben!
DIE SCHATZ INSEL
LAND SCHULZ

Also, ich find's ja etwas übertrieben...
Der Sommer Roman
Der Sommer Roman
Jetzt auch mit Sonnenschutz FAKTOR
LANDSCHULZ

Also mein Taschenbuch ist von Louis Vuitton!
TASCHEN BUCH
LAND SCHULZ

Klassiker der esoterischen Weltliteratur.
Der Traumfänger im Roggen
LANDSCHULZ

Guten Tag, ich suche Bücher zum Thema Segeln.
D-F
LAND SCHULZ

Hannes, machst du denn jetzt auch mehr Sport so wie der Arzt gesagt hat?
Natürlich! Dieses Buch ist wahnsinnig anstrengend zu lesen!
LANDSCHULZ

Du sollst doch beim Autofahren nicht lesen! Du weißt doch genau, dass dir davon schlecht wird.
LAND SCHULZ

KASSE
Entschuldigen Sie, Sie haben hier noch ein paar Buchstaben vergessen!
Wie ich einmal anfing einen Buchtitel zu schreiben und nicht mehr aufhören konnte, obwohl auf dem Cover eigentlich
gar kein Platz me
r war
weshalb mir nicht auffiel, d
LANDSCHULZ

Wenn Sie das Geschenkpaket kaufen, gibt es zu diesem Erziehungsratgeber auch gleich das Baby dazu.
BABY GLÜCK
LANDSCHULZ

Würden Sie mir das hier bitte als Geschenk einpacken?
Tut mir leid, aber dieser Artikel ist unverkäuflich. Das ist ein Schriftsteller, der heute zur Signierstunde da ist.
LAND SCHULZ

Bezahlen? Die haben Sie aber doch alle ganz eindeutig als Geschenkbücher angepriesen!
LANDSCHULZ

Biografie von Peter Schmitt
Biografie
Ist die auch wirklich bio?
LANDSCHULZ

Endlich: Das Spargelkochbuch für alle,
die keinen Spargel mögen!

Für ein Diätbuch ist es aber ziemlich dick.
NEU
Einfach abnehmen
Der Bestseller von Ann
Einfach abnehmen
LANDSCHULZ

Coffee table book

Coffee Table Books
Hm, ja. Ich suche ja eher Beer Bar Books. zur Not ginge vielleicht auch Irish Coffee...
Natur und Tiere
Blumen
LAND SCHULZ

Max? Ich sehe, dass du noch Licht an hast!
LANDSCHULZ

Mit steigendem Krimikonsum wuchs auch
Adeles Misstrauen gegenüber dem Gärtner.

Wenn der Krimi allzu spannend wurde, hielt Martha sich beim Lesen die Augen zu.

Mein Mazda, Baujahr 1982, verbrachte seine Jugendjahre bei seinem Vorbesitzer Horst Schlöter, bevor ich ihn 1989 für 3.995 DM bei Gebrauchtwagen Kurt Kunze erwarb...
MEIN MAZDA Auto Biografie
LANDSCHULZ

Was Sie da tun ist physikalisch vollkommen unmöglich!
Oh, das tut mir leid. Ich habe das Buch gerade erst angefangen.

Wow! Diese Pop-up-Bücher werden immer raffinierter!
LAND SCHULZ

Voll krass! Die alten Römer haben Facebook erfunden!
LAND SCHULZ

Die Digitalisierung schreitet voran

Hier hätten wir Goethes Faust. Und hier die überarbeitete Neuausgabe für eine jüngere Zielgruppe: Fack ju Göhtes Faust.
Klassiker
LANDSCHULZ

Buchladen Müller
NEU
Die Bibel als Hörbuch! Gelesen von GOTT!
LAND SCHULZ

Hörbuch für Schwerhörige

Aa
Gibt es das auch als Hörbuch?
LESEN LERNEN 1. KLASSE
LAND SCHULZ

Ich hätte gern etwas zum Thema Rechtswissenschaften. Aber bitte als Hörbuch.
SCHÖNE Natur
LANDSCHULZ

Das ist das Hörbuch "Jules Verne, gelesen von Rufus Beck". Ich höre da aber nur alle paar Minuten ein bißchen Papier rascheln.
Ja, natürlich. Das ist ein Hörbuch. Das bedeutet, Sie hören, wie Herr Beck das Buch liest.
LANDSCHULZ

Mir ist es ja lieber, er hört Hörbücher, als dass er gar nicht liest...
LAND SCHULZ

Neuheit für Mediziner:

DAS ABHÖRBUCH

Ihr Buch hat mir so geholfen, Herr Kowitzki!
Herr Kowitzki?
Signierstunde:
Rolf Kowitzki
Sozialphobie überwinden
LANDSCHULZ

Ich habe einen Kurs in kreatives Schreiben belegt.
Wow! Willst du Romane schreiben?
Nee, Quatsch! Meine Steuererklärung!
LAND SCHULZ

Zum Steuerberater hat's nicht gereicht. Mein Mann ist Buchhalter. Möchten Sie eins?
LAND SCHULZ

Der Top-Seller in Bahnhofsbuchhandlungen
Simplify your life:
Take the bus!
LAND SCHULZ

Mag dein Bruder das neue Bilderbuch?
Ich glaube schon. Er hat es fast ganz aufgegessen...
LANDSCHULZ

Was verkaufen sie denn hier? SIG – N-I-E-R-E-N? Ach, ich bin ja eigentlich nicht so für Innereien, aber geben Sie mir mal ein halbes Pfund.
HEUTE SIGNIEREN:
14-15 h
15-16 h
16-17 h
17-18 h
18-19 h
LAND SCHULZ

Dorthe Landschulz

wurde in Hamburg geboren, studierte dort und in Paris Illustration und lebt heute als Cartoonistin in der Bretagne. Ihre Cartoons erschienen bisher u. a. in »Eulenspiegel«, »Taz«, »Titanic«, »Börsenblatt des Deutschen Buchhandels«, »Heute-Show-Online«, »Schleswig-Holsteinische Zeitung« und »Rheinpfalz«. Seit 2019 zeichnet sie wöchentlich für den »Stern«. In Frankreich schmückten ihre Cartoons bereits mehrmals die Titelseite der französischen Tageszeitung »Le Monde«. Seit September 2023 gehört sie zu den Karikaturist_innen der »Arte«-Sendung »28 Minuten«. Dorthe hat mehrere Bücher veröffentlicht und ist mit ihren Cartoons in zahlreichen Sammelbänden vertreten. Sie gewann viele wichtige Preise, darunter 2013 den »bronzenen Bleistift« beim Deutschen Karikaturenpreis, 2014 den dritten Platz beim Deutschen Cartoonpreis und 2022 den zweiten Platz ebenfalls beim Deutschen Cartoonpreis. Im Netz ist sie auf Facebook oder Instagram unter dem Namen »Ein Tag Ein Tier« zu finden.

UNENDLICHER SPASS MIT CARTOONS
Band 1: Lesen bildet
Cartoons: Dorthe Landschulz
Vorwort: Walther Fekl
Gestaltung: Torsten Lemme

Druck & Bindung: Grafisches Centrum Cuno, Calbe
In Deutschland regional gedruckt auf Papier aus nachhaltiger Forstwirtschaft.

Schaltzeit Verlag, Auerstr. 23, 10249 Berlin
www.schaltzeitverlag.de, info@schaltzeitverlag.de

ISBN 978-3-946972-82-2